캄캄한 날개를 위하여

캄캄한 날개를 위하여

전 성 호 시 집

창비

차 례

제3부

제1부

외금강을 보며

입을 다문 채 바위산을 내려온다
산은 혼자서 말을 꺼내지 않는다
바위 속 부는 바람이 차다
바위 속 소소히 날리는 눈발도 그렇다
물안개 자욱한 계곡
떨어지다 그저 흘러가는 빗방울들 입을 연다
피를 삼킨 나뭇잎들
맑은 물 위를 아무 상관없이 흐르고
까마득한 절벽 아래로
물오리나무 가지 끝에 붙었던 잎들도 먼곳 바라보다
뚝뚝 결별을 선언한다
시든 민백미꽃 줄기에
눈비 뛰어내리는 발소리 시끄럽다
꺼칫한 바위 위를 먹구름 지나간들
풍광이 좋다고 소문난들
바위 난간에 몸 비틀린 소나무
옳게 먹지도 크지도 못한 세월을

붉은 글귀로 파내려간다
긴 겨울, 칼바람 이겨낼 일 아득하고
봄날, 새끼들 울음나발 환청으로 듣기 싫어
산 밖 휙 날아오르는 물까마귀
끝나지 않은 만남을 위해
한해의 겨울이 또 얼어붙어야 한다

12월, 우포늪에서

얼음빛에 고방오리들이 귀엽다
눈 감아 귀 열면
보이지 않던 철새들의 또다른 행로가 보인다
날개 가진 것들은 쇠잔한 몸 의지하며
종착지에 다다르고 서쪽 하늘
가물가물 떠나는 자들 누구인가
쉽게 떠날 수 있다는 것도
삶의 일부분인가
먼 산과 구름이 얼어붙은 늪가에서
소주 한잔 쭉 들이켜면
가슴 갈피마다 타올랐던 불꽃 새삼스럽다
역광의 물오리 한마리
햇살을 차며
얼음판에 미끄러지는 발걸음이 뜨겁다
산다는 건 저렇게 휴식조차 잊은 물그림자 밖
가벼운 발걸음 지금 어디로 가고 있는가
언 우포가 자신을 끌어당길 때

제 몸이 쓰린 것처럼

모든 길 걸어온 내 뒷모습은 구름에 실려

산그늘과 함께 수면을 건너간다

저물어오는 둑가

꽃대도 구름도 엇누울 무렵

늪은 새를 품고 저녁은 나를 돌려보낸다

아직 시인이 못되고

꽃을 먼저 피우는 꽃나무의 속내를 나는 모른다
계절이 꽃을 피워야 하는 것도
닭이 병아리를 품듯 흙이 꽃씨를 키우는 까닭은 더욱
모른다
물고기는 왜 뜬눈으로 자야 하는지
구름이 산봉을 넘을 때 왜 말이 없는지
나는 창 속 거울을 들여다보는 달의 표정도 번역 못하니
낯선 숲을 향해 달은 또 혼자 기울고

폐선

버려진 것들도 갈등한다

미명의 시간까지 바다에 불을 밝히던
해안 구석 방파제 뒤 온갖 소리들
조개껍데기, 스티로폼, 찢어진 그물

이물은 뭍에 고물은 물에 기댄 채
뭘 골똘히 궁리하는가
저녁 해풍 찰랑이는 파도소리만 새되다

이물 끝에 앉아 있는 바닷새 한마리
찬 해풍에 깃털을 흩뜨리고
어디로 날아갈 것인가

살아 있는 것들은 갈등한다

낙동강 하구에서

어머니 몸은 늘 뜨겁다
폭풍우의 저기압을 이겨내고
범람하는 탁류를 안았다
철마다 꽃과 벌, 농부를 부르고
태백 황지에서 하구까지
사이사이 수많은 지류를 만나
우리들 양식을 얻을 수 없다면
강물은 낙동강을 떠날 수 있을까
하구는 우리의 마지막 포구
어미가 겪어온 모래톱 주름은
떠나는 자들의 회신을 받을 지표 안테나
품속을 벗어나는 당신의 물길
잘 가시라는 말 대신
실룩이는 날갯짓이나 보태는 갈대들의 몸짓이
한사코 갯벌에 나와 소리를 굴려댄다
피붙이들 떠나는 하구에서도
당신의 서름한 가슴 보이지 않는다

먼 철새들 때때로 불러모아 아름다운 노후를

만드시는 당신

저기 해당화 띠군락 백사장에

기대는 저물녘 해도 당신 품에 안겼다 가듯이

바람꽃

　차창 밖의 이마가 시리다.

　먼 산 바람꽃이 한달음에 달려와 마음 달래고 간 뒤일까? 들판이 바위같이 조용하다.

　들꽃 한송이라도 스스로 자라 핀 꽃에 대해 쉬 꺾지 말자, 꽃들과 속삭이던 학창시절 나는 나의 귀를 향해 소리쳤다. 지천에 핀 작은 꽃망울이 사랑이란 것을 바람 지난 뒤 알았다. 내 마음 이끄는 멍에에 찬 성에꽃이 피지 않기를. 누구의 굴레에도 사로잡히지 않으면서 나는 달리고 싶다, 바람꽃같이 백마의 기사로 드넓은 광야의 꽃밭을. 빛의 그늘에 붙들린 곰팡이가 되고 싶지 않다.

　모래알 휘날리며 천년을 한날같이 서 있지 않으련다, 바람꽃같이.

산책길에 있었던 일

그날 오리나무풍뎅이 한마리
나뭇가지에서 삭정이를 맞아 압사했다
아무도 소리치는 사람 없다
마을 불빛 하나둘 들어차는
고갯마루 숲을 막 떠난 비바람 보이지 않고
축축한 지표 위에 달빛만 다가와
풍뎅이 사늘한 몸뚱이를 어루만진다
깨진 등짝 속으로 어두워오는 적막
오리나무풍뎅이 간 곳을
나는 묵상하고
숲은 끝내 말이 없고
오리나무, 자신의 긴 그림자 곁에서
하늘 솟는 마을 불빛만 바라본다

바람 일어나는 것을 보니 풍장을 할 모양이다

튀는 공은 중력을 거부한다

공기를 가득 채운 물질이
둥글게 구르기도 하고 튀어오르기도 하며
때론 담 너머 풀숲
쪼르르 수챗구멍으로 숨는다
공기도 가두면 어디론가 떠나고 싶은 것이다
나도 밀폐된 공기 속에서 웃을 수 있다면
나를 고무막 속에 가두고
공기를 가득 채운 뒤
스스로 빛을 발휘하는 별들의 나라 찾아가고 싶다
하늘 위 먼 상공 속으로 빨려가는 내가
몸서리치는 생이 그리우면
까맣게 타서 별똥별로 내려오더라도

불덩새

창가에 앉은 텃새 한마리
수평선을 날아오르는 불덩새 바라본다
그의 날개는 붉고 둥글어서 찾아볼 수가 없다
두둥실 솟구쳐, 거대한 푸른 밥상머리에
붉은 혀를 처박고 아침식사를 마쳐야
하루가 시작된다
출렁이는 수면에 하얀 물비늘 반짝이게 하는 것은
불덩새가 다음날 그곳을 찾는다는 징표

그가 눈높이를 벗어날 때면
아침은 사라지고 한낮의 적막을 찾아간다
머리 위를 날아간 빛의 흔적
저녁이면 순량한 눈빛으로 찾아오는
눈 감고 날개 접는 창가의 불덩새

나는 그의 그늘에 살고
늙지 않는 저 새도 바닷물이 마르면 날개를 접을까

쇠똥

길찬 숲속
소소한 바람 날리고 앉은
돌부리 위 생명의 흔적
아침녘 볕에
돋을새김으로 웃고 있다
이승에 남긴 마지막 체온이
점점 식어갈 때까지
쇠똥이 꾸는 푸른 꿈은
대지의 풀들을 키우는 것이다
그리고 그 속으로 쇠똥구리를 부르고
그 속에서 새로운 희망의 날개를 단다
묵묵한 성격의 몸에서
또다른 세상의 나무로 꽃으로
다시 피어날 마지막
몸부림의 쇠똥

허기

내 몸속으로 들어온 고래
오장육부를 휘돌다 배불뚝이 복어 되어
바다로 빠져나간 뒤
나는 자꾸 휘청휘청
지구가 어지럽다
바다 위 쪽배가 가만 떠 있을 수 없듯
시간이 흐를수록 뒤틀리는 내장
내장은 나보다 먼저 쓰라림을 알린다
이마엔 식은땀이 맺힌다
눈밭 파헤쳐 마른풀을 뜯다 죽어간
양의 위 속에는 돌멩이만 가득 있었다는
몽골에서 들은 이야기처럼
내 위 속에는 지금
바닷물이 차고 있다
고래를 위해

밝을녘 산행

산이 자꾸 나를 불러올리는 것은
묶인 몸의 습성을 아는 탓
산정을 올라보면
어느새 깃털 돋는 목덜미, 바람 향해 길을 튼다
바윗등에 서서 큰 숨 들이쉬면
가슴 젖히고 들어앉는
저 황홀한 새벽빛
몸속으로 들이켜는 숨소리들
숲길 걸어 들어갈수록 마주쳐 내려오는
산 물소리, 산 밖으로 흘려보내는 것이
어디 몸뚱이뿐이냐고, 나의 이상은 슬몃슬몃
자꾸 풀잎 아래로 내려앉는다
사는 일 어려워질수록
스스로 자라나는 흰 날개, 슬쩍
모퉁이를 넘어설 때마다
하나씩 넘어졌다 일어서선 등 뒤로 밀려나는 하늘
찬물에 젖는 돌부리 이마, 먼저 나와 나를 깨운다

깟깟거리는 산까치 저녁밥 짓는 마당으로 날아가고
상수리나무에 붙은 연기는 흙속으로 스며들어
푸스스 골안개를 피운다
수평으로 부는 바람만이 바람인가
안개가 이슬처럼 체온을 적셔오면 이미 벗은 몸
산봉 구름을 넘어간다

캄캄한 울음

어스름 산그늘 지나 어둠 깊어지면
밤을 지키던 부엉이
배꼽울음 퍼올리는
허기진 눈빛, 서슬이 푸르다
날카로운 발톱보다 더한 눈빛
밤의 짐승들은 침묵을 온몸에 휘두르고
반덕맞은 날밤을 새워야 한다
밤은 침략자의 간을 키우는가
오체투지로 빌어본들
십리 밖 한 생명 죽어갈 것을
떨리는 살, 부릅뜬 눈알 속
어둠이 있는 한 죽음은 이어지고
하늘 구석, 제 살점 떼어
별들을 먹여 살리시는 등 굽은 여인네를
바라보고, 살기 어린 눈빛 속으로
밤이 무너지고 별이 무너지고
새벽 앞에 눈멀 새
빛은 아무 일 없는 듯 지나간다

제2부

적조
통영, 미륵도

굴껍데기 같은 하늘에서 절룩이는 갈매기

황토는 울음의 몸이었다
똑딱선에 황토를 퍼넣는 삽날의 아픔
아버지 떠나실 때도
저 황토를 파며 울었다, 감꽃은 다 떨어지고
꽃잎처럼 하얀 치마저고리
여인의 붉은 눈망울, 지금
손가락 사이를 부드럽게 빠져나가는 흙냄새

핏빛 황토가 앓아누운 바다를 치료한다고?

뜰채로 건져올린 병든 양식장
사람들은 흐린 눈빛으로 할 말을 잃었다
바닷물에 빠진
동서의 흐릿한 그림자만 찰랑찰랑 따라붙을 뿐
황토를 뿌린다

황토를 뿌리면 철썩이는, 적조
흉터를 맨살로 물어뜯는 파도의 이빨
북받치는 옷가슴에 짧은 담뱃불 옮겨 붙는다

황토 먹은 바다는 스스로 붉은 조류를 풀고
섬돌이 있는 처제의 집, 저물어
텅 빈 바다 멀리 미륵도는 불을 켠다

물별*을 따라서

오대산 계곡
물은 물별로 태어난다
햇빛을 받고 물속에서 부는 바람
너는 세상 바람개비로 나와
물살에 소금쟁이처럼 휘돌다

바람으로 사라지는 날개

언제부터
뿔뿔이 흩어져 이곳에 와 있는가

저 물별을 데리고 가는 바람 바라보면
나도 물별로 태어나고 싶다
잃어버린 시간 기억하지 않는
물별같이 제 그림자를 동반하고

나는 아이들 같은 물별을 따라간다

* 흐르는 계곡물이 웅덩이나 모서리에 부딪혀 휘돌아나갈 때
  수면에 생기는 볼우물 같은 별 모양의 물무늬. 햇빛이 비칠
  때 물별은 하상(河床)에 자신의 원형 그림자를 데리고 흘러
  간다

용당 저수지*에서

저물녘 산그림자가 빈 벤치에 앉는다
구름과 느티나무 가지들
물속에서 피어난다
자신을 일으켜 세우는 구름들은
끝이 보이지 않는 수심으로 나를 끌고간다
어디까지 가야 하는가 깊이는 알 수 없지만
눈앞은 모두가 미로의 길
광활한 물속에 촛불 하나 밝히지 않아도
미움과 이욕이 없는 거리
가끔 바깥소식을 전하는 지느러미의 입들이 나타난다

물속 입 내미는 고기떼들이
물 밖 공기를 핥을 때
내 몸도 물고기처럼 언어 밖으로 나온다

물 위의 구름은 지금도 갇힌 채 흘러가고

밤을 걷는 산 그림자는 변함없이 물길을 따라간다

* 경상남도 양산시 웅상읍에 소재

해바라기 길을 잃고

처다볼 수 없는 너를 두고
늘 햇볕에 목을 매야 하는 것은
청맹과니가 아닌 나인데
끝내 외면한 채 타버린 얼굴
나를 책망해야 하는지, 너를 위로해야 하는지

또다른 생명을 위해
나 대신 태양을 닮아가는 꽃이라 해도 좋다
길 끝 서릿바람 칠 줄 알면서
너는 궤도를 바꿀 순 없다

씨방마다 가득 침묵이 고이고
벌집 같은 까만 씨앗들, 노동의 댓가인가
알알이 박혀 결실을 보게 된, 꽃대 앞에
그는 똑바로 서 있다

해는 해바라기와 마주설 때 기운다

내 몸 안으로 스며드는 꽃

언제나 태양빛으로 화장하고
후광에 어룽진 계수꽃
나에게로 오신다
오늘도, 환한 플루트 구멍 구멍에서 나는 소리를 타고
삶의 블루스를 추시다가
구름 사이로 쪼르르
가난한 동네를 내려가신다
올린 기도들이 계수잎을 흔들기 전에
내 몸 안으로 스며드는 만월

겨울 편지
세한도에 답하다

밤새 기웃거리며 도착하는 하얀 기별을
우리의 마당에 펼쳐놓습니다
마른 가지 사이 하늘이 눈부신 까닭은
세상의 빈 곳을 다 묶어두었기 때문입니다
사람들은 그 닫힌 문을 아는 척하지 않습니다
당신의 몸속에 묻히며
부푼 마음 뒤척이던 나날들
성내거나 눈물 보이고 싶지 않았습니다
지나온 발자국 다시 지워지고
끝내 말하지 않아도 부끄러움 보여주는 그대
때로 자신의 무게에 못 이겨
야윈 어깨 무너져내리지만
에두름 너머 나는 새 한마리 앉혀줄 자리 아직 넉넉합
니다
아, 그러나 연연한 햇살 한줄기
내 속 따뜻하게 녹여줄 뿐
손안에 가만히 와 앉는 작은 불꽃은 눈물이 아니듯

날아가라고 가만히 놓아줍니다
그리움 너머 빈 들 그 자리에
그냥 서 있는 것만은 아니기에

갈대
을숙도

느즈막이 머리에 흰 수건을 덮고 고백한들
맑은 하늘 아래에선 치욕이다
푸른 꿈 이미 지난 시간 속에 묻혀도
남은 시간은 하늘 위해 노래해야 한다

물꼬챙이 푸르게 자랐던 강가, 나는 그곳에서 태어나
한줄기 홀몸이 될 때까지
햇빛 부스러기 하나 뿌리친 적 없었다
상류로 강바람 불 때에도, 물결 일어나는 대로
기다림과 평정 속에서만 살았다
뒤슬뒤슬 헛웃음치며 지내온 날들이
내 푸르름을 읽고
기억되기를 원했던 것조차
부끄러운 청하늘만 가까이 와 있다
나는 나대로 길이 있을 거라고
웅성대는 바람소리에
하얀머리 굼실굼실 답한다

나는 찬 물가에서 몸을 비빗대며
어둠 속으로 걸어갈 때
하늘 갈매기 문자를 바라보는
을숙도는 서쪽 큰 별 뜨기만 기다린다

바다로 떠난 새

바람 일어나는 삼바리 방파제 위
솔딱새 한마리 지저귀고 간다

"찌륵 찌지"

햇살에 반사되어
온종일 방안에 가득하다

붙박인 소나무 곁에 붙좇는 친구 없이
혼자 울고 가는 부리

흔들의자만 흔들리고

오늘도 창문 열어보지만
해풍에 솔방울만
"찌륵찌지 찌륵찌"

어제의 파도는

오늘도 되돌아가고

어느 휴일, 고갈산을 바라보며

내 야윈 살을 만지면, 문득 죽음이란 낡은 단어가
몸의 골짜기로 침잠해 있다
한겨울 빈 들에 나와 있는 것처럼
내 귀때기를 스치는 스산한 바람이 차다
내 생의 뒷마당에는
집요한 욕망의 빈 보따리만 뒹굴고
한덩이 얼음 같은 꿈만 안고 있다
내 존재가 저 고갈산 중턱에 떠밀려
지상의 세계를 벗어나는 안개를 따라가고 있다
영원히 사라지는 것도 생의 한낱 품 값음
죽는다는 것은 환송이다
넋의 비곗덩이 남기고
죽살이 굴레를 훌훌 털고 떠나는 남자
증증 하늘로 오르는 안개여!

우리 언제 저 은빛 날개처럼
연습 없이 이 섧은 지상을 떠날 것이다

삐에로를 보고 와서

붉은 입술에 원추형 모자를 쓴
삐에로가 나를 따라와 웃고 있다
심장이 뛰고 있는 존재
그가 부르는 내 이름 속에 내가 있다
이름조차 기억 못하는 나는 짐승처럼
거울 속을 들여다본다

타인 속엔 내가 없다
오늘도 실패한 나는
거울 앞에 와 있다
조심스레 뜯어봐도 몽따주된 내 모습

나는 나를 보고 웃는다
배꼽이 흔들리도록 웃는 삐에로
헐렁한 옷에 붉은 입술
내 얼굴은 삐에로
죽을 때 따라갈 몸의 그림자도
삐에로처럼 무대를 떠난다

상원사를 찾아서

숨 가빠 오른 심장 하나
떨어지는 벚꽃잎처럼 가볍다
한암선사 카랑한 목소리 듣기 위해
구름같이 달려온 세상지기에게
마당 돌배꽃의 환한 눈꼬리 뒤로
생전의 한암스님 합장하고 지나가신다
비워가는 마음 안녕하신가
중중대는 연둣빛 봄기운
묵묵히 견디는 생마저 내 것 아님을

산처럼 부푸는 마음만 있을 뿐
견디기 힘든 등짐 하나
울 없는 절간에 턱 내려놓으니
절이 내다보는 에움길도 평안하다
푸르게 눈을 연 청산처럼
산그늘 꽃빛이 옷깃을 스칠 때
마음속 까막별 가물가물 피어난다

동종은 돌종이 되어
먼 데서 들려와 내 귀를 열고

그녀의 편지

눈이다, 눈이 내린다
그녀는 눈을 보면 강아지처럼 콩콩 뛰었다
손바닥 눈을 볼에 비볐다가 냄새를 맡다가
아이들처럼 즐기곤 하였다
우리가 처음 만날 때 내린 첫눈이 노심을
열번 넘게 찾아와 덮어버려도
생생한 연애는 살아나고
오늘 첫눈 퍼붓는 모스끄바
푸들대는 눈, 나는 똑같이 으르다가
네 체온만큼 녹고 있다
그때 눈 변한 것 없는데
내 곁 콩콩 뛰는 강아지가 없다
갑자기 햇살 내리꽂히는 칼날 선명한 곳
번쩍이는 하얀 섬광은 신의 눈빛인가
눈밭을 밀어내는 발자국
나는 그녀의 온화한 지상을 걸어나가고 있다

햇살 공부

햇살은 어떤 색으로 어떻게 떨어질까
구름과 구름 사이 한달음에 내려앉는 선연한 모습

서쪽 하늘 해 넘는 벼랑에서
불끈 솟는 대작대기 빛의 높고 큰 힘처럼, 그것은
한여름 뙤약볕에 등줄기 까맣게 그을려 생채기를 남긴
그림자를 따뜻하게 덥혀주는 언어의 무늬들
구름을 앞가리개 삼아
부끄럼으로 제 빛 뽑아내는 햇살
쓰러지고 꺾일지언정 끊어지지 않는 빛의 절개는
공전과 자전에서 터득한 신비로운 발색반응
그 빛 따라가는 물속 불립문자 같은 고기떼도
옆구리 눈부신 비늘을 반짝인다

제3부

기관구를 엿보며

구름 사이로 햇살이 뛰어내리는 오후
부산 철도청 기관구에 열차들이 멈춰섰다
얼마나 많은 열차들이 돌아오고 있을까
낡은 양철판 구멍으로 내부를 엿본다
검은 자갈과 레일 사이, 패랭이 꽃잎 하나
찢어진 거미줄에 걸려 있다
짐칸 바닥엔 대구능금 궤짝들이 나뒹굴고
평양에서 오십오년 만에 만난
남북 정상의 얼굴이 찍힌 신문이
객실 문틈 사이에서 구문처럼 펄럭인다
죽은 듯 멈춰 있는 기차의 정적!
구멍 쪽을 바라보는 기관구 속
고양이 한마리
차단된 빛을 가로질러 밖으로 뛰쳐나간다

느티나무
누대의 가족을 생각하며

가지다운 가지를 뻗어
햇살 눈부시게 튕기던
한그루 당산나무

언제부터인가
의지할 품은 어디 가고, 검은 가지만 파란 하늘에 걸렸다
어린 나무를 심던
청년 고조부는 지금도 홀로 산을 넘어가고
누대의 출생과 죽음, 풍파 속에서
푸르름을 한층 더하는 잎사귀들!
오랜 출향을 끝내고 귀향하는 날
햇살 가르던 가지들은 한세월 숨을 멎고
그 자리 빈손으로 돌아온 또다른 고조부 서 있다
핏줄들 뿔뿔이 살아갈지라도
먼 훗날 그늘 드리울 느티나무 잎새들을 위해
한그루 묘목을 심어
나이테를 돌린다

휴일

빨간 발톱의 이발소 아가씨
내 발톱을 깎는다
톡톡 튀어 어디로 달아나 숨기도 하고
또 어떤 놈은 그녀 가슴 파고드는 것
마음이 부끄럽다
까칠거리는 줄로 손톱을 다듬을 때
전류가 뇌를 때리고
나는 아! 소리와 함께
한 여자의 생은 이어지고
솜방망이가 내 귓속을 침범해오자
나는 꼼짝없이 그녀 종이 되어 있다
촉촉한 손이 휴일을 문지르는 오후

산복도로에서

부산 좌천동 산 763번지 부산진교회 뒤
버스를 기다리며 멀리 내려다보면, 낡은 구두 밑으로
쓸쓸한 산복도로가 흘러간다

바다로 엎드린 수많은 지붕 위 노란 물통들 사이
제비가 날던 무당집 대문 앞, 하늘을 가끔 흔들어대는
푸른 대나무 깃발 너머
닭, 개, 아이들의 울음소리 아득하고
바람 부는 대나무 잎사귀
부드러운 내 겨드랑이를 스쳐가는 소리

갑자기 달려나온 아이들 자전거 바퀴살에
튕겨나가는 햇살들, 화들짝 길을 열어주며
엎드릴 틈도 없이 도로를 내려설 때

고층건물 유리창에 반사되는 뱃고동 소리가
멀리 바다를 끌고 간다

작은 바람에 흔들리는 오동잎

친구 수범이는 폐암을 안고 떠났다

어둠 속으로 떨어지는 고즈넉한 달빛이
심장 같은 오동잎을 촬영한다
밤을 반겨주는 너의 웃음, 나뭇잎들은 한없이 반짝인다
한때 잎사귀처럼 뺨을 비벼대던
우리는 오늘, 무늬를 짜는 오동나무 옆 풀벌레들 곁
에서
서러운 세상 이야기를 끝없이 통역한다
처음부터 우리가 헤어지기 위해 만났으련만
이렇게 뿌리 곁에 계곡 물소리 가까운 밤이면
문득, 덧없음만도 아니라는 걸 일러주는 듯
너를 생각하고 누운 네 어깨 너머로
한 패션 디자이너의 바람이 스쳐간다
매미도 울지 않고, 가끔씩 목이 들리는 부엉이 울음소
리만
둘이 아닌 내 가슴에 와닿을 뿐

달팽이처럼 천천히 생각하며
네 곁에서 끝내 흔들리고 마는 오동잎 하나

서창, 해장국집

비 오다 그친 날, 슬레이트집을 지나다가
얼굴에 검버섯 핀 아버지의 냄새를 맡는다

양철 바케쓰에 조개탄을 담아 양손에 쥐고 오르던 길
잘 열리지 않는 문 앞에서 언 손으로 얼굴 감싸쥐어도
겨울 새벽은 쉬 밝아오지 않고,
막 피워낸 난로 속 불꽃은 왜 그리 눈을 맵게 하던지
닫힌 문 작은 구멍마다 차가운 열쇠를 들이밀면
낡은 내복 속 등줄기를 따라 식은땀 뜨겁게 흘러내
렸다

한달치 봉급을 들고 아들이 돌아오면
아버지는 마른 정강이를 이끌고 해장국집으로 갔다
푹 들어간 눈 속으로 탕 한그릇씩 퍼담던 오후
길 끝 당산나무에 하늘 높이 가슴치는 매미 울음소리
속에서
아버지와 아들은 아무 말도 하지 않았다

껴안을수록 멀어지는 세상
우산도 없이 젖은 머리칼을 털며
서창 해장국집 문을 열고 들어서면
습기 찬 구름 한덩이 닫힌 창 밖으로 빠르게 흘러가고
검버섯 핀 손등 위로 까맣게 아버지 홀로 걸어가신다

살다 허기지면 찾아가는 그 집
금빛 바늘처럼 날렵한 울음 사이로
까마귀 한마리 잎을 흔들며 날아간다

연호동의 한낮

토지개발공사 포클레인이
선산과 마을 경계를 허물었다
공중엔 매 한마리 떠 있다
누가 심었나 냇가 가지 그늘이 짙은 아카시아
새들이 날아와 어린잎 키우며
나이테를 이어가지만
아무도 지난 시간을 말하지 않는다

산자락을 흔들어대는 송사리떼
반짝이는 비늘로 상류를 향해 몸부림친다

어름어름 들판을 건너오는 고층아파트 사이
삭정이 물어 폐가를 고치던 까치 한쌍
더이상 집을 짓지 않는다
굴착기 굉음 사이사이로 빠져나가는 골재 소리에
하늘 매, 산그림자 속으로 스며들고
호박잎 줄기 따라 길을 내는 연두색 애벌레들

파묘된 자리, 뭉개진 텃밭에 서면
나는 왜 자꾸 얼굴이 없어지고 마는가
보상 받고 등 돌린 사람들 어디 가고
바람 부는 날, 전선 밑을 걸어가면
저려오는 가슴 저 너머로 한없이 가라앉는
서창 연호동의 한낮

생일

소고기 몇근이면 가벼운 걸음일 텐데
깜박한, 생일 뒤에 선 마음 하나
벌침 쏘인 듯 아려 오른다

아버지가 챙기지 못한 어머니 생신을
대신 섬기리라 했건만

작대기에 제 몸 끌려가면서도
속가슴 그윽이 헤아려
봄남새 한보따리 기다리는 곳
며느리 혼자 달랑 다녀간 것이
얼마나 서운하셨을까

어머니 계시는, 먼 산정 너머로
내 마음 구름에 쌓여 흘러간다

고목에 붙은 잎새들이

연둣빛 햇살 가려도 홀로
늙어가는 순리를 잘 아는 흑갈색 피부는
올해도 그저 나이테를 돌리시나보다

비둘기와 절름발이 어머니
양산 서창

복사꽃 겹구름이 여인의 어깨를 짚는다
끌려가는 복사뼈, 하늘 탓하지 않겠다는
저 거짓부리나
동네를 빙 돌아온 빨간 구두들
농협창고 뒤꼍에서 웅얼대는 소리
낟알을 따라
땅바닥으로 스며드는 낮은 목소리, 이것은 무엇일까

하루중 중요한 소일거리인지, 본업인지?

생색내며 찔러준 아들의 지폐가
다시 알량한 날개들의 밥상으로 이어지고
귀족 타입의 입 짧은 놈들은
늙은 손가락 사이로 흘러내리는 보리알 대신
땅콩맛을 알았는지
꾸룩꾸룩 부풀리는 목덜미가 예사롭지 않다

획 날개 속에 접어온, 친구 종만이 집 짓는 소식이랑
한쪽 팔이 없는 페인트장이 정빈이는
통을 문 입이 팔이더라
뉴스를 알리는 주둥이, 뻥튀기가 아닌
땅콩을 요구하는 붉은 눈들의 앙살

절름발이 여인이 저 풍경에 나타나지 않을 땐
그들도 더이상 살아가기 힘들 것이라고
그늘 비껴가는 햇살 한줌이 귀띔한다

겨울 손님

반계(磐溪)*, 상수리나무 밑으로 겨울 날아든다

적막의 운흥동천(雲興洞天), 혼자 서서 바라본다
사방이 하얗게 흔들려
아버지 산에 묻고 온 다음날 같다
철새들 자꾸 날아와서
산등살에 붙은 지붕 위를 지나
발 시린 물가를 지나
귓바퀴 같은 길을 걷는다
내가 걷던 길을 지운다

먼 곳에서 찾아오느라 입이 언 그들을
가만히 귀 곤두세워 올려보면
겨우내 필 하얀 꽃이다
바람 없이도 제자릴 찾는 눈〔眼〕이 있어
산정 너머 산정에서
내 심상을 지우려 온다

까닭 없이 날아들지 않을
내 불모의 땅에 깃털 풀풀 덮인다

* 울주군과 양산읍 경계에 있는 옛 신흥사 터 밑의 풍광이 뛰
  어난 작은 마을.

독거 노인

구름 타고 산을 넘는, 피붙이들 모이는 추석
혼자 지키는 옛집이 감나무 그림자보다 무료하다
북쪽 하늘 바라보던 밤의 눈동자
차가운 길바닥 뒹구는 신문지 속
'버려진 부모' 앞에서
자신의 하얀 체온, 잉크 냄새 사라진 문자를 읽고 있다

뜰을 지키고 선 대추나무 잔가지 사이
날카로운 풀벌레 울음소리
별빛은 옷깃을 파고들고
돌아올 이 없는, 돌아갈 일만 남은 가슴에
핏빛 감잎만 나풀거린다

이젠 지상에 수분이 다하는 갈수기
가을 냇물도 감나무 뿌리까지 가닿지 않고
먼 하늘 쏘아올린 불꽃처럼
늙은 고양이 한마리 하늘 향해 울음 울고

봄날, 누렁소와 나

웃음기 없는 눈빛을 맞추며
속내를 찾아들면, 반갑쑤다는 네 생각이
내 마음 읽어내리는 동안
잠시 부끄러움이 솟구쳐올라
담벼락에 박혀 빛나는 사금파리로 옮긴다
몸속 꼼지락거리는 작은 벌레
코딱지만한 경계 안으로 유리조각 소꿉들을 주워
노는 나를 바라본다
여자아이 등에 업힌 베개가 낮잠을 자고
야초들은 뜯기어 반찬이 되고 밥이 되고
나는 땔감을 쌓으며 어린 아내를 윽박지르고
장인은 검은 썬글라스에 팔뚝 굵은 운전수
새댁 어미는 초록 치마에 늘 꽃이 핀 저고리다
알고 보면 소는 말없는 이야기꾼
내 몸 전체를 둘러보곤
염불을 하다가도 가끔 하늘 쳐다보며
혼자서 씩 웃곤 하는

우산을 접고

도심 길, 문 두드리는
빗방울들

은행나무 푸른 뿌리를 찾아간다
후각이 예민한 물줄기는 두더지처럼
흙냄새를 맡기 위해
납작하게 엎드려 흐른다
나는 교차로까지
그 빗물 뒤를 졸졸 따라간다

비가 오지 않는 지하철 5호선에 선 남자
한 시간 뒤, 광화문역을 나온다

내 그림자 다시 나타날 때까지
후드득, 깃을 터는 나뭇잎 바람 위로
어느새 속옷을 벗어놓은 녹색 산구름
먼 상공으로 숨는다

비는 내 침침하던 오후를 쓸어

우산 속으로 접히고, 하늘은 도심 가까이에서 새롭다

새벽 밀양역

공중에서 차단기가 내려온다
수많은 점등 속에서 열차는
양 다리가 후들거리는 부산 남자를
승강장에 버려둔다
늑골이 빠진 벤치는
팔을 뻗어 남은 자의 어깨를 안아준다
캄캄한 손목 시침도
철로 옆 꽃길도 문을 닫는다
빈 가슴에 갑자기 우렛소리 몸 안 전체를
울리고 가는 이명
적막한 공간 한가운데 머문 채,
안경을 닦으며 첫 새벽을 맞는다
다시 먹구름 속을 달려온 화물열차
하얀 종아리를 싣고 남쪽으로 사라진다
검차망치를 든 그림자 하나 차량 뒤로
새벽 레일의 어둠을 두드리며 혼자 걸어간다

제4부

서울, 개밥바라기

미진(微震)처럼 손목에서 정맥이 뛴다

첫새벽
어른대는 그림자를 데리고 조리개를 여는 도심
첫차들의 전조등이 어둠을 어루만지면
스카이라인 상공에 별 하나 뜬다

강물은 멈춘 채 흘러가고
기다리는 것들은 언제나 연착한다
유람선이 지나간 속도만큼 강물은 부풀어오르고
어제의 별이 오늘 아무렇지도 않아,
수많은 저녁별들을 흘낏거리지 말자
거꾸로 차오르는 강물도, 반짝이는 바람도 그냥 두자

스크루에 찢어지는 강물소리
오늘도 이른 새벽 날카로운 울음 되어 파묻히고
둔치의 흰 바람 나를 감싼 채

뒤척이다 떠오르다 가라앉으려

수많은 중심을 이룬 도시의 하류 상공에
어둠별 하나
저무는 강변을 눈이 아프게 내려다보고 있다

서울 명동, 2000
고무다리

삐에로가 고무풍선을 들고 있는 명동
힙합과 테크노 음이 서로를 튕겨내는 밀리오레의 거리
지하도 입구에 아스팔트보다 낮게 엎드린
슬픈 노래

가을빛 말아 등에 걸친 플라타너스잎들이
분식집을 기웃거리다 가드펜스의 사양(斜陽)에 걸터앉
는다

가끔 샛길만 하늘로 통하는
수직의 절벽 같은 빌딩 사이
짧은 햇살이
고무다리가 가지고 나온 동전통을 조명하고
텅 빈 등뼈를 쓰다듬는다

가득 넘치는 시선 속에다 서로를 버린 채
스쳐가는 거리

총알처럼 119 앰뷸런스가 달려오고

울음소리는 나뭇잎보다 가볍게 편의점 속으로 사라

진다

여자의 꽃

잎을 달지 않고
꽃망울 먼저 터뜨려보자는 속내는 무엇이랴

꽃을 통하여
애정을 분출하려는
진달래의 근원적 심상은
땅속 어둠 참아내며 부식토와 작은 돌들을 지나
하얀 물줄기 통로를 바쁘게 왕래하여
자신을 드러내는 것을
진작 나는 모르고 있었다
그것은 여자만이 간직한 비밀

꽃은 첫번에 완성된다
모든 것을 경험한 뒤에
꽃을 피우는 것은 아니다
지표 밑의 캄캄한 갈망은 성급함을 낳고
꽃눈의 언어들은 잔가지에서

자신이 내뱉는 옹알이를 번역하지 못한 채
스스로 가지 끝에서 폭발한다
그리고 흔들린다

흙으로부터 나온, 가장 아름다운 색깔은 연분홍이다

도마뱀

빌딩 숲정이를 걸어온
구두 밑창이
꼬리를 쿡, 밟는다
제 몸을 얼른 내준다

피 한방울 없이

머리와 몸통은
중심 저쪽 어디론가
빠른 속도로 사라지고
잘려진 꼬리 한토막
어둠 속에서 끌어안는

몸부림

혼란스런 도심 속
그의 살점을 든 내가

머리 방향으로

걸어나가고 있다

알몸

햇살 뛰어내리는 아파트 놀이터
아이들이 삐걱대는 미끄럼틀 소리가
나뭇가지 새순에 올라붙어 흔들거리고
묵은 먼지를 닦는 엉덩이들 반짝인다
낯선 조무래기들 속에
이사 온 아이 얼굴에도
때 아닌 함박꽃이 피었다

워터월드 쇼

돌고래도 하늘을 날고 싶어한다

온몸 땀방울로 비상하는 무대
툭툭 파란 매트 위로 몸을 내친다
오랜 시간 준비된 희열
공중을 차고 오르는 꼬리지느러미의 날갯짓
그는 무대의 선수가 되기 이전
별처럼 하늘을 날고 싶었다
관중 없는 체육관에서
트레이너의 눈총을 받던
그 날렵한 몸매는 부모의 것이라 하자
음악에 맞춰 온몸 쏘아올리는
공중묘기는 굳은살 박인 댓가
이제 그들도 날개를 달았다

여러분, 나는 언제 날개를 달 수 있나요?
눈물방울 떨어지는
신념의 날개에 파아란 하늘이 매달린다

고공아파트

신세대일수록
새들의 집보다 높은 곳에 산다

사람들이 공중의 둥지를 쳐다보는 시대가 아니다
새들이 이제 사람 집을 무연히 올려본다
날개 없는 사람들은 고공 집을 오르내리고
공기를 치는 깃은 퇴화되어 짧은 거리를 날 뿐이다
돌아올 수 없는 시간처럼
텅 빈 까치집, 날개는 어느 하늘에 둥지를 치는지
다시 날아올 소식은 새잎들뿐
폐가에서 꿈꾸는 은빛 거미줄만
겨울 햇살 듬뿍 안은 채 흰 이빨을 딱딱 부딪친다
잎사귀 가릴 때만 내 집인가
품 떠나간 자리 더 커 보이는 공간
도시도 나도 낡아가지만
내 쓸쓸한 저 빈집에서
새로움은 이내 삭아

낡은 기둥 위로 흰개미들이 기어오르기 시작한다
오늘도 관악산 산마루 안개는 송전탑을 건너가며
내 눈에 아른대듯 중중거리고
가슴 부풀어 멀리 날던 까치
손바닥만한 화단에서 내 새끼처럼 폴짝인다

또다른 둥지 하나, 고공아파트를 올라간다

새 자전거

꼬맹이 녀석 새벽 산책길에
두발자전거를 팔에 끼고 나왔다

어릴 때 꿈은 날개가 없다

바람을 만지며 좌르르좌르르
녀석 마음대로 따라가는 새 타이어
앞바퀴살에 붙은 야광 플라스틱의 삼원색이
무한한 시공 넘어, 한가지 빛깔로 보일 때까지
궁둥이를 열심히 삐뚤거려야 한다

녀석이 자전거를 따르는 것이 아니라
자전거가 녀석을 따르도록 길들이는가
녀석이 넘어지면 자전거가 아파하고
아픈 핸들이 다시 녀석을 안고

누군가 산이 사람을 기른다고 했던가

저 자전거도 녀석을 키우고

산 같은 자전거

자전거 같은 산길도 거침없이 올라가는 녀석

귀가
한낮에

거실 블라인드가 달랑거린다

도둑이 왔다 갔다

화장실 문틈으로 흘러나오는 불빛
진공청소기와
어두컴컴한 거울이 재갈 물린 개처럼 고요하다

그가 남긴 흔적이 보인다

식구들의 옷가지 내던져진 방바닥
발자국이 선연한 침실

병신들처럼 모두 입만 벌리고 있는 문

손잡이를 따라 왼쪽으로 풀려버린 방의 내부
깡그리 뒤집어놓은 네

안타까운 눈초리 보인다

우리는 가끔 이렇게 도둑을 맞이하고

도둑은
피 한방울 없이
낙엽처럼

어느 가을 거리를 걸어가고

정전

태양이 정전된 적은 없었던가
빛은 어둠의 차가운 깊이를 모른다
20층, 캄캄한 계단을 밀어올리는
닳은 구두 밑으로
잘린 생의 후각이 끓고 있다
어둔 몸 환하게 끌고가는
날개 없는 것들의 빠른 번짐
나는 창틈을 비집고 뛰어드는
고양이의 파란 눈매와 부딪쳐
청맹과니의 예민한 귀들이
소리 없이 어둠을 베어낸다
온몸을 세우지만
역류해오는 뱃속의 허기는
밀폐된 공간에서 사라지지 않고
구두 코끝은 계단에 길을 찍는다
주린 내장의 탄성에
나는 자꾸 위로 밀려 올라가고, 마침내

문이 열리고, 쏟아지는 빛살

갑자기 몸 안으로 뛰어드는 빛이 무섭다

건설중인, 광안대교

앙상한 늑골 속에 까치놀이 뜬다
화물선은 건설중인 이층 철교를 허공에 매달고 있다
해질녘 바다로 향하는 남천강물은 언제부터인가
금빛 물비늘을 잃었다

공중에 걸린 철다리 너머 수평선 위엔
그림자를 버리고 있는 흰 구름
직하하여, 바닷물에 해인(海印)을 찍는 눈부신 햇살들뿐
도시계획도 보험도, 세상뉴스도 상관없는 바다는
녹슨 교각을 물어뜯고

밀려오는 파도 속에서
위험은 또 얼마나 체계적인지

건설중인 대교 위로 해가 지고
화물선 연통에서 메마른 연기가 세상 끝으로 떠날 때
남천동 사람들은

오래전 발가락 사이 습진이 살아나는 소리와
심장에 와 박히는 철골 소리 듣는다

이동전화기 속에서

이동전화기의 심장 속으로 한 여자를 구겨넣는다

네가 숨어 있는 검은 수첩 안쪽
때론 구두 뒤창 같은 전화기 속에서
먼지처럼, 빛처럼
말은 또 어디로 이동하는지

빌딩 숲 깊은 무저갱을 지날 때
그리고 저 먼 하상터널에서 구부러질 때
흐트러진 전파를 이끌고가는
통신기의 고막과 혓바닥
나는 갈증 없이도 긴장한다

발신음은 어두운 밤하늘로 숨어들고
반가운 수신음이 떨리게 하는 몸체
타인처럼 가슴을 연
한 남자는, 동대문 지하

혼선된 지상 말들의 소리에 귀를 세우고
조그만 이동전화기 속에 서 있다

브뤼셀의 새벽
친구 의열의 집

벨기에 브뤼셀
잠을 깨우는 염송(念誦)
깊은 계곡이고 바다다

촛불 한점 똑바로 앉아
세상 창을 닦을 때
어둠은 등 뒤로 빠져나가고
하루치 빛을 받아들이는
금강반야바라밀경

방문 틈 사이로 들어오는
나직한 경의 비늘만으로
오늘 내 영의 배는 부르고

제5부

캄캄한 날개를 위하여
줄리아에게

차창에 눈 날리고
베료쟈 나무에 오도카니 앉았던 까마귀
오늘도 배를 못다 채운 채
둥지로 날아가야 한다
날개가 무겁다
아직 덜 자란 먹빛 날개가
열차 바퀴소리를 끌고 대지 속으로 간다

어두워오는 날개여
먹을거리보다 먼저 올려다봐야 할 산이 있다
지상의 모든 만남엔 까닭이 있는 것
들판에서 말라가는 흰 푸새들의 손짓도 기억해야 한다

너는 한점 썩은 고기를 찾기 위해 까악까악 투덜대지만
시시한 울음 속에 네가 살아 있다는 것
높은 산 쉬지 못하는 바람과 구름의 들판보다
빠르게 계곡과 절벽을 넘어라

하얀 들녘도,
네가 빈 내장을 채울 동안 불어가는 바람도
둥지 속의 어린 새끼들도
빛나는 비밀

태양은 눈물을 보이지 않는다
혹 낮달이 나타나 희붐한 슬픔을 머금더라도
오늘은 캄캄한 날개를 펴라

사할린 까마귀

돼기밭둑에 누가 전화기를 버렸나

누구도 사할린 섬을 모른다고 말한다
도로변을 지키고 선 베료쟈 나무들께서도
입을 다물었다 오래된 일본식 지붕도
나도 침묵해야 하는가
이곳의 모든 것은 느리게 흐르며 빨리 늙고
북동풍은 남서로 낮게 엎드린다
출향한 가족을 기다리다가 노모마저 세상 떠난
폐가만 검게 움츠렸다

석탄 가루를 덮어주는 눈밭과
눈의 결정들을 물고 있는 따순 햇빛들의 먼 땅
조합으로 찾을 수 없는
다꽝씨의 숫자판 검정 전화기, 열자리 숫자
새된 소리를 돌리고 싶지만

높은 구름은 뙤기밭둑 풀대를 내려다보며
바람의 반대 방향으로 흘러간다

나도 하나의 그림자처럼 오래 서 있다

블라지보스또끄행

칸막이 열차가 저무는 밤을 끌고간다
에워 따라오는 환한 강의 눈송이 송이들
하바로프스끄역을 자꾸 뒤돌아보는 꺼칠한 사내

바퀴가 회전한 만큼
대륙의 꿈은 이어진다
러시아는 가난하지 않지만
늘어선 좌판 위의 상품들에 달라붙는 눈송아리들

눈이 사람을 좋아하는지 사람이 눈을 좋아하는지
구두코까지 찾아 앉는 눈이 따뜻하다

열차가 들어서는 마을
흐린 불빛 위로 뻬치까 연기는
어둠 속 공중을 흔들고
짧은 정차는 길다

오늘을 넘기는 서산 너머
검은 바퀴는 찬바람 밀치며 따라간다
강둑이 실개천을 품을 때마다
수천 계곡은 평원을 빠져나오지 않았던가
때론 얼어붙다 녹은 채로 흘러감을
끝없는 이 열차는 알리라

이제 블라지보스또끄에 도착하는 너를
따라오는 눈발도, 아무르강도 보이지 않지만
아침 창은 얼음처럼 눈부시다

저물녘, 하바로프스끄

처음, 나를 발견했네

물오른 회색 숲 사이로
아무르강이 언 채로 길을 열어놓을 때
구름에 그을린 얼굴로 지평선을 찾아간다
얼음 강에 되비치는 봄 가지가
한낱 새로운 죽음일지라도

더운 발목이
아름다워져야 한다는 생각 저편
설원의 지평선 한가운데
떨어져내리는 붉은 구멍 그 중심!
세상이 빨려들고
내가 빨려드는

마지막 일몰의 시각, 죽음이 아닐지라도
오늘, 이곳의 언 강을 깨고 싶다

만달레행 밤열차

흔들리는 열차 속 철컹대는 캐비닛 문짝 소리
깨진 유리 사이로
얼굴에 떨어지는 빗방울만큼 귀찮은 존재
침대칸, 네 사람 머리맡
천둥소리 지나간다
한 청년이 휴지를 끼워 문짝을 달래본다
무언가 된소리로 중얼대던 뚱 아주머니
미얀마 신문을 접어 재갈 물린다
어둠으로 불려나간 낯선 소리들
만져볼 수 없는 소리와
친해질 때만이 그 어떤 소리도 두렵지 않다
낡은 문소리가 열차 바퀴소리보다 작게 들리면서
뼛속 신경 건드리는 것은
바퀴소리보다 가까이 있기 때문이다
모두가 하면 나도 해야 한다?
시끄러운 캐비닛에
내 무거운 가방을 집어넣자
순간, 시끄럽던 세상이 모두 까맣다

대정원의 도시
미얀마 양곤

그늘 밑 도시, 우기 내내 빗줄기 따라
배를 채워야 땡볕을 견딜 수 있는 나무들
그는 온갖 생명들의 집이고 그늘이고 어머니다

기후를 길들이는 숲은
도심 한가운데 붙박힌 인야 호수 속
날개 없는 용 한마리 키운다
용이 사람에게 안식을 준다고
친구는 아내 뼛가루를 이곳에 뿌렸다
낯설지 않은 이국 땅, 도시는 거대한 숲을 헤치고
쉐라곤 황금탑을 세웠다
탑에서 흘러나온 금빛 종소리는
내 무쇠 귀를 열고
몸속 자라나는 잡귀를 쫓아낸다

대정원이 있기 때문 도시가 있는 곳
도시 속 자동차 매연은

104

언제 사라질까
나뭇가지 끝에 앉은 까마귀들의 깜깜한 날개만
내 눈썹을 가볍게 흔들 뿐
종일 여우비를 비껴온 보리수나무의
저녁 그림자는
내 구두 앞을 지나 조심스레 떠나간다

다시, 땡볕 속으로
미얀마, 만달레 변방

살갗 파고드는 들까마귀 울음이
아침을 밀고 숲으로 간다
아침이 떠난 빈자리에 퍼붓는 불볕
불볕 속에서 푸르게 출렁이는 벌판은
울음보다 말보다 더 먼저
세상을 견디는 자들의 몫이다
나는 내 풀잎만큼의 독트린
이 널따란 초원 앞에 외로운 한줌 먼지로 날릴 뿐
내가 나를 속인 것들이 서로의 이빨을 물어뜯는다
뒷등 떠미는 북풍도
역류하는 구름떼를 붙들 수는 없다
넉넉한 벌판 끝으로 흘러가는 구름
광막한 대지의 호흡은 얼마나 덧없고 또 무거운가
나무와 풀과 흙 속에서 한세대가 흘러갔다
흘러간 시간만큼 자신의 몸을 비워내는
아름다운 풍경, 우리가 익히 배워온 것
생명은 스스로 다한 뒤를 질문하지 않는다

사람의 죽음은 사람의 특권!
하지만 모든 것이 끝난 뒤에도 바람 불고
새로운 구름 흘러간다
내 지나온 에움길 에워가더라도
가난을 넘어 가난의 여윈 손 잡으리
들꽃처럼

바람 쉬어가는 벌판에서

미얀마, 바간 가는 길

검붉은 탑들이 하늘 떠받치고 있다
횅한 푸서리의 벌판, 흑백필름 속의 풍경
오가는 구름 물갈기 흩날리며
짐승처럼 물속을 뛰쳐나온다
꿈은 형식보다 본능에 가깝다

싸릿대 엮은 울타리 안
무 배추 밭뙈기 따라 나비 원을 그리고
억새풀 오솔길가 살살이꽃 피워
하얀 구름장 띄우는 외롭고 긴 손
꿈속인가 지금은
망고나무 사이 합판때기 지붕 위로 참새가 울면
더러는 나이 더해가는 아내가 그리워질까

호박꽃에 주둥이 문지르며 돌아다니는 돼지들
네발 달린 것들도 경계를 지우다보면
언젠가 어깨에 날개가 돋을까

서울보다 두시간 반 늦은 야자 그늘에서
혼자 빨간 숯불을 피우는 이방인의 꿈
갈멍덕 덮어쓴 채 남은 생을 기워가며
조랑말이 끄는 수레바퀴 돌리면서
저 거리 아이들의 몸에 뿌리내린 야자나무이고 싶다

초원의 민들레 꽃
몽골

유목민의 처음이자 마지막 꿈은 푸른 초원밖에 없다
문명의 그림자가 없다는 것은
유목민에게 희망이요 미래가 주어진다는 것
초원의 힘은 자연 순리다
풀포기 사이로 햇빛 등지고 기는 벌레들이나
뭉게구름이 독수리 되어 날아도
그들이 짜는 순수 영혼을 배울 수 있기 때문이다
두려운 마음 앞에서 적대심의 발로가
공격 자세로 털끝을 세우지만
내면세계를 꿰뚫어보는 초원의 적막, 바람 불어 키운
거센 풀잎 위에 침묵의 고개를 떨군다
사람이 고립되어 살 수 없듯
무리지어 의지의 힘이 되는
양, 소, 말, 낙타, 여우, 쑥, 민들레, 에델바이스
그들도 길을 찾기 위해 바람을 헤친다
내 꿈의 장벽을 허물 수 있는 빛이
초원 중심에 머물지 않기를

빛이 꽃의 색깔을 기억하듯이
얼어붙었던 정적 속에서 다시 일어나는
한촉의 노란 민들레이고 싶다

메콩강 지류에서
베트남

지류 따라 흐르는 물
용사가 젓는 노로 나아가는 강물이 있다
우정을 싣고 자유를 싣고 웃지 못할 웃음을 파는
그들의 심장이 카바이드 불꽃처럼 파랗다

새로운 길을 열기 위한
이물에 그려진 눈처럼
자신들의 정체성을 찾아가는
그들의 노가 출렁이는 메콩강의 속도보다 빠르다

세상은 스물다섯해 바뀌어도
그들은 한여름 야자수로 남아야 하는가
긴 세월 적과 싸워온 저들의 팔뚝은
오늘의 거센 물결에 밀려나지 않으려
당당한 전투의 쪽배, 노를 젓는다

수많은 지류를 거느린 장강(長江)의 정적 속에

하나둘 불이 켜지면
인민의 피로 내세워진 별 하나
그들 눈동자 속에 먼저 와 있다

출장

살 빠진 낙타 한마리
짜일난* 불볕 사막 길 걸으며
오아시스를 찾고 있다

가끔 긴 목 들어 서울 바라보는 늙은 낙타
두꺼운 발바닥을 가지고도
흙길 걷는데 눈썹이 무겁다

목적지는 아득하고
해는 한발밖에 남지 않고
업무를 마치고 돌아올 길은 어둠의 늪
그러나 함께 되돌아올
구름 뒤에 숨은 달과
낙타 발등 튕길 별빛이 있고
한낮엔 낮달도 있다

아, 지금은

눈썹 위로 떠오른 반달이
길벗 되어보려 하지만
말이 없는 낙타의 목이
오늘따라 더 길어보인다

* 미얀마 서부의 마을.

■

해설

캄캄한 울음과 날개의 사이

고운기

1

먹고사는 일이야 사람이 기본적으로 해결해야 하지만, 그 이상의 삶의 뜻을 새겨가는 일은 제 구변(其邊)에 달렸을 뿐이다. 일찌감치, 나는 이런 시를 쓰는 사람이오, 공표하고 시업(詩業)을 본업 삼아 생계까지 꾸리는 이가 있는가 하면, 평생 감추어둔 채 이리저리 궁굴리며, 마치 리트머스 시험지처럼 제가 쓴 시 한 편으로 제 삶의 산성과 알칼리성을 구분해내는 이가 있다. 전성호 시인의 경우는 분명 후자에 속한다.

새로운 세기의 벽두에 발표한 그의 첫 작품「햇살 공

부」를 나는 기억한다. 그는 뙤약볕과 햇살을 세밀히 구분하고 있었다. '등줄기에 까맣게 그을려 생채기가 남긴 그림자'는 뙤약볕에 당한 것으로되, 그것을 '따뜻하게 덥혀주는 언어의 무늬들'을 햇살이라 말한다. 나는 그가 말하는 햇살이 곧 시의 다른 말처럼 들렸다. 물속의 고기떼가 눈부신 비늘을 반짝이는 것도 햇살의 덕분이란다. 전성호 시인은 지천명의 나이가 들도록 내놓고 남에게 시를 보여준 적이 없지만, 생애의 대부분을 시의 햇살 속에 살아왔음이 분명하고, 제 몸에 반짝이는 비늘이 그 햇살 때문이었음을 잘 아는 사람 같았다.

그에게 시란 무엇이었을까. 아니 햇살이란 무엇이었으며, 어떤 햇살 공부를 했다는 것일까. 나는 이번 시집에 실린 작품 가운데 다음의 두 대목을 주목해보았다. (강조는 해설자)

나는 창 속 거울을 들여다보는 달의 표정도 번역 못하니

낯선 숲을 향해 달은 또 혼자 기울고

—「아직 시인이 못되고」 부분

우리는 오늘, 무늬를 짜는 오동나무 옆 풀벌레들 곁

117

에서

　서러운 세상 이야기를 끝없이 **통역한다**

　　　　　　—「작은 바람에 흔들리는 오동잎」 부분

　적어도 전성호 시인에게 있어서 시인은 달의 표정을 번
역해줄 수 있는 사람이거나, 풀벌레들에게 세상 이야기를
통역해주는 사람이어야 하는 것 같다. 정작 달의 표정을
번역 못한다고 했지만, 풀벌레들에게 세상 이야기를 통역
해주는 실력(?)이라면 엄살에 지나지 않는다. 그의 시에
대한 이같은 생각은 자칫 그를 단순한 자연주의자로 몰
아갈 가능성이 있다. 아니면 전통적인 동양의 시에 대한
관점에서 시가 자연에서 발생하는 모든 것의 관찰이라는
협의로 받아들이게 할 가능성도 있다. 물론 거기에 바탕
을 둔 듯이 보이지만, 전성호 시인의 시가 거기 머물러 있
지 않다고 새삼스레 지적할 필요가 있을까. 이를테면 공
자가 그의 아들에게 『시경』을 공부하라면서 해준 말을 들
어보자.

　『시경』은 흥을 돋우고, 사물을 바로 보게 하고, 사람
들과 어울리게 하고, 원망을 할 수 있게도 한다. 가까이
는 어버이를 섬길 줄 알게 하고, 멀리는 임금을 섬길 줄

알게 하며, 새와 짐승, 풀과 나무의 이름도 많이 알게
한다.

　내게 한시를 가르쳐준 선생 한 분은 공자의 이 대목을
말하면서 '시골 출신 아니면 시를 배우지 말라'고 했었다.
풀이나 새 이름도 모르면서 무슨 시를 읽을 수 있겠느냐
는 것인데, 물론 공자의 말도 내 선생의 말도 진정한 뜻이
거기에 있지 않았다. 풀이니 새니 하는 것은 곧 세계를 일
컫는 다른 표현이기 때문이다.
　전성호 시인 또한 "물고기는 왜 뜬눈으로 자야 하는지
/구름이 산봉을 넘을 때 왜 말이 없는지" 모른다 하면서
도, 그가 지닌 궁극의 관심은 '서러운 세상 이야기'였음을
알기에, 달과 풀벌레로 등장하는 시적 상관물의 울림은
그냥 달과 풀벌레에서 끝나지 않을 것이다. 그 섬세한 세
계의 울림을 번역하고 통역하는 섬세한 행위를 시인으로
서의 운명과 책무로 받아들이고 있으리라.

　　2

　전성호 시인에 대해 개인적으로 잘 알지 못하는 형편이

어서 이 시집의 3, 4부에 실린 시들에 먼저 관심이 갔다.
그가 살아온 삶의 조각이나 지금 그의 생애가 얹힌 구체
적인 정보를 읽을 수 있었기 때문이다. 그렇다고는 해도
시의 언어로 전달되는 정보가 확연할 수는 없고, 그 자체
로 하나의 작품을 이루는 것이기에, 이를 통해 그의 생애
를 재구(再構)해보려는 뜻은 아니다. 대체로 오랜 습작 기
간을 갖고 첫 시집을 내는 경우, 한 권의 시집에는 여러
정보가 혼재되어 있기 마련이다. 거기서 편린으로 짐작
하는 생애의 재구는 심히 위험스러울 것이다.

그렇다고는 해도 '누대의 가족이 살아온 곳에 느티나
무 한그루'(「느티나무」)처럼 그의 기억 속에 각인된 어린
풍경은 무엇이 그로 하여금 시를 쓰게 했는가 짐작하게
해준다. 거기에는 '폐암을 안고 떠난 친구 수범이'(「작은
바람에 흔들리는 오동잎」) 같은 비극적인 존재도 한켠을 차
지하고 있는데, '토지개발공사 포클레인이 뭉갠 텃밭'(「연
호동의 한낮」)이 남은 기억을 몰아내고 있는 형편에, 그렇
다고 깨끗이 씻어낼 수 없는 추억 속의 나는 다음과 같이
한가롭고 평화스럽다.

알고 보면 소는 말없는 이야기꾼
내 몸 전체를 둘러보곤

염불을 하다가도 가끔 하늘 쳐다보며
혼자서 씩 웃곤 하는

—「봄날, 누렁소와 나」 부분

　누렁소의 커다란 눈과 마주쳤을 어린 시절은 하늘처럼
맑은 메씨지로 전달되는 말없는 원풍경(原風景)이다. 시는
속깊이 잠들어 있는 원풍경을 불러내고, 그것과 화합할
수 있거나 그럴 수 없는 현실적 갈등으로 점철된다. 독자
와 공감대를 이루는 시적 형상화란 이런 어린 시절의 반
추가 정서적으로 얼마나 적절하게 울려주는가에 있겠지
만, 말없이 씩 웃는 누렁소의 얼굴 속에서 사실은 소가 아
닌, 소에 비친 제 얼굴을 떠올리고 있음을 우리는 어렵지
않게 읽을 수 있다. 전성호 시인은 이같은 서정적 공감대
를 만들어내는 일에 무척 공을 들이고, 매우 성공적으로
독자들에게 다가가고 있다. 그만큼 성공적으로 자신의
지난날과 만나고 있다는 것이다. 단순한 받아들임이 아
닌 시적 화해가 이루어진 순간을 포착했다는 점에서 그
의 리트머스 시험지는 산성과 알칼리성 너머의 어떤 중
화작용에 이르는 듯 보인다. 그러기에 그는 "얼굴에 검버
섯 핀 아버지의 냄새를 맡는" 해장국집(「서창, 해장국집」)
을 찾을 수 있는 것이고,

부산 좌천동 산 763번지 부산진교회 뒤

고층건물 유리창에 반사되는 뱃고동 소리가
멀리 바다를 끌고 간다
　　　　　　　　　　　　　—「산복도로에서」 부분

고 심상하게 노래할 수 있다. 내가 아는 한 부산진교회를
지나는 산복도로는 멀리 부산항이 바라보이는 피난민의
굴곡진 삶으로 누벼진 곳이다.

　　　3

　전성호 시인은 시인의 말에서 '실존적 의미의 여행시'
를 쓰고 싶다 말한다. 실존적 여행시란 '남루한 삶'으로
요약되는 '파괴되어가는 고향과 항상 나를 철썩이게 하
는 바다와 강, 문명의 그늘 속에서 소외된 모든 존재들의
표정'이 지닌 시적 에스프리를 '가슴에 꼭꼭 눌러 담는'
작업인 것 같다. 그렇다면 우리는 이 시집의 1,2부에서
먼저 그 궤적을 좇아가볼 수 있다.

그의 여행시는 "시든 민백미꽃 줄기에 / 눈비 뛰어내리는 발소리 시끄럽다"(「외금강을 보며」)는 외금강에서 시작한다. 겨울이고 북쪽이다. 그리고 그의 발길은 12월의 우포늪으로 이어지고, 낙동강 하구까지 이른다. 발길을 남쪽으로 옮기는 동안 계절은 여전히 겨울이다. 그의 시는 왜 겨울에서 맴도는 것일까.

　　바위 난간에 몸 비틀린 소나무
　　옳게 먹지도 크지도 못한 세월을
　　붉은 글귀로 파내려간다

　　　　　　　　　　　　　—「외금강을 보며」 부분

　　역광의 물오리 한마리
　　햇살을 차며
　　얼음판에 미끄러지는 발걸음이 뜨겁다

　　　　　　　　　　　　　—「12월, 우포늪에서」 부분

　　먼 철새들 때때로 불러모아 아름다운 노후를
　　만드시는 당신

　　　　　　　　　　　　　—「낙동강 하구에서」 부분

겨울이라는 시간이 지닌 일반적인 인상은 고통의 세월이다. 그러기에 "옳게 먹지도 크지도 못한 세월"이며, "얼음판에 미끄러지는 발걸음"이다. 그것이 곧 남루한 삶이겠거니와, 한민족 오천년의 최대 번성기를 누린다는 이 즈음에도, 그 앞에 경험한 가난의 쓰라림이 가신 지 채 얼마 되지 않았기 때문인지, 양극화의 거친 분위기가 또 다른 가난을 불러내오고 있기 때문인지, 시인이 바라보는 세상은 그다지 편안하지 않다. 그러기에 그는 좀체 겨울에서 떠나지 못하고 있는 것일까. 그러나 편안하지 않은 것을 편안하지 않은 대로 그리면서, 철새떼조차 아름다운 노후를 만드는 배경으로 삼을 줄 아는 심성으로의 이동이 찬란하다. 그의 말대로 뜨겁기 그지없다.

　그렇다면 다시 물어보자. 전성호 시인의 시가 읽히는 편안함의 근저는 무엇일까. 아마도 거기에 자리잡고 있는 심상들은 이를테면, "깟깟거리는 산까치 저녁밥 짓는 마당으로 날아가고"(「밝을녘 산행」), "핏빛 황토가 앓아누운 바다를 치료"(「적조」)하면, "물별같이 제 그림자를 동반하고"(「물별을 따라서」), "내 몸도 물고기처럼 언어 밖으로 나온다"(「용당 저수지에서」)고 말할 수 있게 되었기 때문이다. 오랜 시적 숙련이 이룩해낸 결 깊은 울림이 아닐 수 없다. 그것은 심지어,

증증대는 연둣빛 봄기운
묵묵히 견디는 생마저 내 것 아님을

　　　　　　　—「상원사를 찾아서」 부분

아는 순간에 더욱 숙연해진다. 산사를 찾아 물길을 거슬
러오르며 만나는 사물들에서 그는 그야말로 실존적 의미
의 여행시를 건져올리고 있다. 그의 눈과 발이 좀더 먼 곳
으로 돌아간 이 시집의 5부에 실린 여행시에서 이같은 겨
울의 이미지는 더욱 강고하게 자리잡고 전환한다.

　　　4

　다소 뜬금없어 보일는지 모르지만 나는 4부에 실린 「귀
가」라는 작품에 오래도록 눈길이 머물렀다. 부제를 '한낮
에'라고 붙여놓은 것으로 보아, 일상적인 귀가가 아닌 시
간이었던 듯하다. 시인은 대낮에 집이 털린 현장을 우연
히 목격하게 된다. 그 도둑이 현장에 남긴 '흔적'을 시인
은 이렇게 노래한다.

식구들의 옷가지 내던져진 방바닥
　　발자국이 선연한 침실

　　병신들처럼 모두 입만 벌리고 있는 문

　이런 광경에서 흔히 우리는 섬뜩한 공포를 먼저 느낀다. 불쾌함이나 증오 같은 것은 그 뒤에 온다. 도리어 도둑과 마주치지 않은 것을 다행으로 여겨야 한다. 그런데 시인은 활짝 열려진 방문을 '병신들처럼'이라 그리고 있다. 쉽지 않은 일이다. 하릴없이 도둑의 손에 풀려나간 자물쇠를 향해 던져진 분노는 다소 기이한 느낌으로 다가온다. 도둑에게가 아니라 그런 도둑에게 당한 내 물건에게 병신 같다며 화를 내고 있다. 그것으로 끝이 아니다. 한걸음 더 나아가 시인은,

　　손잡이를 따라 왼쪽으로 풀려버린 방의 내부
　　깡그리 뒤집어놓은 네
　　안타까운 눈초리

가 '보인다'고 말한다. 주인이 돌아오기 전에 감쪽같이 집안의 값나가는 물건을 찾아 들고 나가려 초조했을 도

둑의 마음이 고스란히 온정의 대상이 되고 있다. 도둑에
대한 이 한결같은 두둔은 무엇일까. 애꿎은 방문만이 병
신 같다는 주인의 타박을 듣는 사이,

> 도둑은
> 피 한방울 없이
> 낙엽처럼
>
> 어느 가을 거리를 걸어가고

있다. 그러므로 내게 이 시는 다소 우화적으로 읽힌다.
그렇다면 무엇을 우의(寓意)한 것일까. 나는 인생의 대낮
에 무방비 상태로 도둑맞은 시인의 마음을 조심스레 상
정해본다. '풀려버린 방의 내부'로 들어와 '깡그리 뒤집
어놓은' 도둑은 '어느 가을 거리를 걸어가고' 있는지 모
르지만, 대낮에 털린 것은 집이 아니라 내 마음으로 귀가
하여 발견한 텅 빈 마음의 공간이 아니었을까. 정녕 그렇
게 털렸다면 사실은 그렇게 털리기를 방조한 이가 있었
을 것이다. 그이는 바로 다름아닌 집주인이다.
　시인은 밤을 지키던 부엉이의 '캄캄한 울음'(「캄캄한 울
음」)에 떨었다. 그리고 "오늘도 배를 못다 채운 채/둥지

로 날아가야" 하는 까마귀의 '캄캄한 날개'(「캄캄한 날개를 위하여」)에 자신을 실었다. 나는 그의 시집을 읽는 내내 이 검은 상처의 블루스에 맞추어 춤추었다.

高雲基 | 시인

128

■

시인의 말

　나는 먼 곳을 떠돌아다니면서 우리 삶과 무관한 듯한 역사와 삶을 관찰함으로써 지평적 존재에 대해 새로운 관심을 가지게 되었다. 그들의 남루한 삶은 우리와 전혀 다르지 않다는 것을 깊이 깨달았다.

　그러므로 이 시집은 나 자신의 어두운 지난날과 먼 곳에 있는 자들의 꿈을 하나의 의미 속에 담고자 한 십수년간의 결과물이다.

　우리시에 여행시는 많이 있지만, 나는 실존적 의미의 여행시를 쓰고 싶었다. 어디서나 나는 결코 혼자서 존립할 수 없다는 '조건'이었다. 앞으로도 파괴되어가는 고향과 항상 나를 철썩이게 하는 바다와 강, 문명의 그늘 속에서 소외된 모든 존재들의 표정을 가슴에 꼭꼭 눌러 담고 살아가리.

　가능하다면 나의 시가 이유 있는 포스나, 이유 있는 세계를 형상화할 수 있기를 바란다.

2006년 5월 반계산장에서 전성호

창비시선 263

캄캄한 날개를 위하여

초판 1쇄 발행/2006년 5월 5일

지은이/전성호
펴낸이/고세현
책임편집/강영규
펴낸곳/(주)창비
등록/1986년 8월 5일 제85호
주소/413-756 경기도 파주시 교하읍 문발리 513-11
전화/031-955-3333
팩시밀리/영업 031-955-3399 · 편집 031-955-3400
홈페이지/www.changbi.com
전자우편/literat@changbi.com